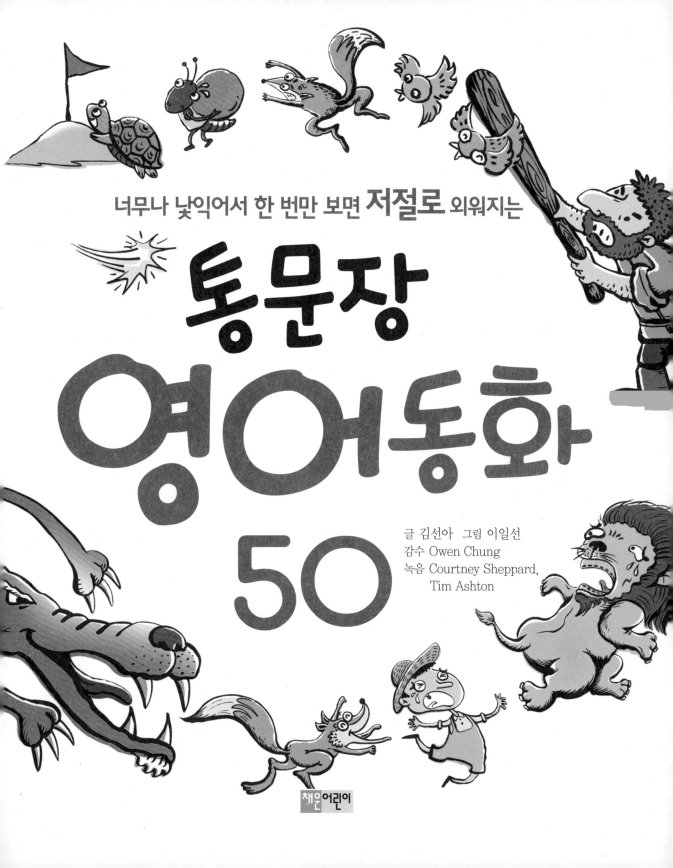

너무나 낯익어서 한 번만 보면 **저절로** 외워지는

통문장 영어동화

50

글 김선아 그림 이일선
감수 Owen Chung
녹음 Courtney Sheppard,
Tim Ashton

채운어린이

contents

01 The Ant and the Grasshopper

The grasshopper played, singing songs all summer long.

The ant worked hard, all summer long.
여름 내내

Winter came.

It was so cold.

The grasshopper had no food because he had played all summer long.

[해석] 개미와 베짱이

베짱이는 여름 내내 노래를 부르며 놀기만 했습니다. / 개미는 여름 내내 열심히 일만 했죠. / 겨울이 찾아왔습니다. / 매우 추웠습니다. / 베짱이는 여름 내내 놀기만 해서 먹을 것이 없었습니다. / 하지만 개미는 여름 내내 열심히 일한 덕분에 먹을 것이 많았죠. / 베짱이는 개미네 집을 찾아갔어요. / "개미님, 먹을 것 좀 나눠 주세요." / "베짱이님, 여름에 열심히 일하지 않으면 겨울에 먹을 것 없이 지내야 한답니다."

But the ant had plenty of food because he had worked very hard all summer long.

The grasshopper went to the ant's house.

"Please, give me some food."

"If you don't work hard during the summer, you have to spend the winter without food."

The Mama Crab and the Baby Crab

이솝 이야기

The mama crab and the baby crab lived on the beach.

One day, they were taking a walk along the beach.

"You walk quite strangely," the mama crab said to the baby crab.

The baby crab said, "Really?"

[해석] **엄마 게와 아기 게**

어느 바닷가에 엄마 게와 아기 게가 살고 있었습니다. / 어느 날, 엄마 게와 아기 게가 바닷가를 산책하고 있었어요. / 엄마 게가 아기 게에게 말했습니다. "얘야, 너 참 이상하게 걷는구나." / 아기 게가 대답했습니다. / "그래요?" / 엄마 게가 나무라듯이 말했습니다. / "옆으로 걸으면 못 써. 똑바로 걸어야지." / 그러자 아기 게가 말했습니다. / "엄마, 엄마가 똑바로 걸으면 저도 따라할게요."

The mama crab scolded him,

"Don't walk sideways. You should walk

straight."

옆으로 걷다.

The baby crab said,

"Mom, when you walk straight, I will do the same."

The hungry fox found a grapevine.

The grapevine was full of delicious grapes.
~로 가득 차 있다.(be full of~)

"Wow, they look delicious!"

Jump!

The fox quickly ran to the grapevine.

He stretched out his paw to get the grapes.

But he could not reach them.

He jumped and jumped.

But he could not get the grapes

no matter how hard he tried.
아무리 ~해도

"Well, I am sure the grapes are sour anyway."

The hungry fox muttered to himself and
중얼거리다.(mutter to oneself)
walked away.

[해석] **여우와 신포도**

배고픈 여우가 포도나무를 발견했습니다. / 포도나무에는 맛있는 포도가 주렁주렁 달렸습니다. / "우와, 맛있겠다!" / 여우는 재빨리 포도나무로 달려갔죠. / 그리고 포도를 따기 위해 손을 뻗었습니다. / 하지만 손이 닿지 않았습니다. / 여우는 깡충깡충 뛰었습니다. / 아무리 노력해도 포도를 딸 수가 없었어요. / "흥, 저 포도는 분명히 아주 신맛일 거야." / 배고픈 여우는 그렇게 중얼거리며 가 버렸어요.

Two friends were hiking along a path in the mountain.

Suddenly, a bear appeared.

One friend quickly climbed up a tree.

But the other friend could not get away.

So, he quickly fell flat on the ground.

땅에 납작 엎드리다.(fall flat on~)

The bear went up to him and sniffed.

[해석] **곰과 두 친구** --------------------

두 친구가 산길을 걷고 있었습니다. / 갑자기 곰 한 마리가 나타났어요. / 한 친구는 재빨리 나무 위로 올라갔습니다. / 하지만 다른 친구는 도망가지 못했습니다. / 그래서 그는 재빨리 땅에 납작 엎드렸죠. / 엎드린 친구에게 곰이 다가와 쿵쿵거렸습니다. / 곰은 그렇게 냄새를 맡고는 가 버렸습니다. / 나무에 올라간 친구가 내려와 물었습니다. / "곰이 뭐라던가?" "응, 위험할 때 혼자 도망가는 사람하고는 친구하지 말라더군."

And just like that, the bear went away.

The friend came down from the tree

and asked,

"What did the bear say?"

"Never stay friends with someone who
친구로 지내다.
abandons you in danger."

05 The Fox and the Stork

이솝 이야기

The fox invited the stork to dinner.

The fox served the stork soup in a flat dish.

The stork could not taste the soup
because of his long beak.

So the fox ate the delicious soup alone.

The stork thought,

'Who is he trying to kid?'

[해석] 여우와 황새

여우가 황새를 저녁 식사에 초대했습니다. / 여우는 평평한 접시에 수프를 담아 주었어요. / 부리가 긴 황새는 먹을 수가 없었습니다. / 그래서 여우는 혼자서 맛있는 수프를 먹었죠. / 황새는 생각했습니다. / '뭐야, 나를 골탕먹이려는 건가?' / 황새는 화가 났습니다. / 며칠 후, 황새가 여우를 저녁 식사에 초대했습니다. / 황새는 목이 길고 좁은 호리병에 음식을 내왔습니다. / "많이 드세요." 황새가 친절하게 말했습니다. / 하지만 여우는 호리병에 입이 들어가지 않아 수프를 먹을 수가 없었습니다.

The stork was angry.

A few days later, the stork invited the fox
to dinner.

The stork served the fox soup
in a long, narrow-necked jar.

"Help yourself," the stork kindly said.
마음껏 드세요.

But the fox could not taste the soup

because he could not put his mouth

in the jar.

There was a goose who laid a golden egg every day.

The owner of the goose was able to get a golden egg everyday.

One day, he got greedy.

He wanted more golden eggs.

He thought,

[해석] 황금알을 낳는 거위

매일매일 한 개의 황금알을 낳는 거위가 있었어요. / 거위의 주인은 매일매일 황금알 하나를 얻을 수 있었죠. / 어느 날, 주인은 욕심이 생겼어요. / 주인은 더 많은 황금알을 원했습니다. / 주인은 생각했습니다. '거위 뱃속에 황금알 이 많이 있을 거야.' / 주인은 한꺼번에 많은 황금알을 갖고 싶었어요. / 그래서 거위를 죽였죠. / 하지만 뱃속에는 아 무것도 없었어요. / 그는 후회했지만 때는 이미 늦었어요.

'There must be many golden eggs inside the goose.'

He wanted many golden eggs all at once.
한꺼번에

So, he killed the goose.

But there was nothing inside.

He regretted what he did, but it

was already too late.

The Lion and the Mouse

The little mouse touched the sleeping lion.

The lion woke up and glared at him.

The mouse pleaded.

"Please let me go. I will repay your grace."

은혜를 갚다.

The lion snorted.

"How can you repay my grace?

[해석] **사자와 생쥐**

생쥐가 잠자는 사자를 건드렸어요. / 잠에서 깨어난 사자는 생쥐를 노려봤죠. / 생쥐는 빌었습니다. / "사자님, 살려 주세요. 은혜를 꼭 갚겠습니다." / 사자는 코웃음을 쳤어요. "어떻게 은혜를 갚겠다는 거냐? 그래도 불쌍하니 놔 주마." / 생쥐는 고맙다고 인사를 했어요. / 며칠 후, 사자가 그만 사냥꾼의 그물에 걸리고 말았어요. / 생쥐가 사자를 발견하고 말했어요. / "제가 구해 드릴게요." / 생쥐는 이빨로 그물을 갉았어요. / 그래서 생쥐가 사자의 목숨을 구해 주었답니다.

I will just let you go out of pity."

불쌍해서

The mouse thanked him.

A few days later, the lion was tangled up in a hunter's net.

The mouse saw the lion and said,

"I will help you."

He gnawed through the net.

And the little mouse saved the lion's life.

I'll help you.

08 The Fox and the Crow

A crow was sitting on a tree with a piece of cheese in her beak.

A fox was passing by and saw the crow.

He thought,

'I'm so hungry. How can I take the cheese from the crow?'

Suddenly, a good idea came to him.

좋은 생각이 나다.

[해석] 여우와 까마귀

까마귀가 치즈를 물고 나무에 앉아 있었어요. / 마침 지나가던 여우가 까마귀를 봤죠. / 여우는 생각했어요. / '어휴, 배고파. 어떻게 하면 저 치즈를 빼앗아먹을 수 있을까?' / 문득 좋은 생각이 떠올랐어요. / 여우는 까마귀에게 말했어요. / "까마귀님, 정말 아름다우세요. 노래 부르는 소리도 분명히 아름답겠지요." / 까마귀는 기분이 좋았어요. / 그래서 노래를 불러 주기로 했죠. / 하지만 까마귀가 입을 벌린 순간, 치즈가 땅에 떨어졌어요. / 여우는 얼른 치즈를 낚아채서 달아났답니다.

"You are so beautiful!"

"You are so beautiful. You must have a beautiful singing voice,"

he said to the crow.

The crow was so happy.

And she decided to sing. But when she opened her mouth, the cheese fell to the ground. The fox snatched up the cheese and ran away.

낚아채다.(snatch up)

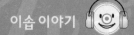

Belling the Cat

One day, the mice had a meeting on how to survive the cat.

One mouse said,

"We need to know the cat is coming."

"Right! We can run away when we know
도망치다.
the cat is coming," the other mice agreed.

A young mouse had an idea.

[해석] 고양이 목에 방울 달기 ------------------------------

어느 날, 쥐들이 모여 어떻게 하면 고양이로부터 살아남을 수 있을지 회의를 했습니다. / 한 쥐가 말했습니다. / "고양이가 오는 걸 알아야 해." / "맞아! 고양이가 오는 걸 알면 도망칠 수 있어." / 다른 쥐들이 맞장구를 쳤습니다. / 한 젊은 쥐가 좋은 생각을 떠올렸습니다. / "고양이 목에 방울을 다는 거예요. 방울 소리가 나면 고양이가 오고 있다는 신호니까, 도망치면 되잖아요." / "맞아! 맞아!" / 다른 쥐들이 또다시 맞장구를 쳤습니다. / 그 때 늙은 쥐가 말했습니다. / "그런데 누가 고양이 목에 방울을 달지?"

"Let's put a bell around the neck of the cat. If the bell rings, it means that the cat is coming and we can run away."

"Right! Right!"

The other mice agreed again.

At that moment, an old mouse said,

"But who will put the bell around the neck of the cat?"

A thirsty crow was looking for some water.

He found a jar of water.

He thought, "Wow, I can drink some water now."

But the mouth of the jar was too narrow and the water was just half full.

'What should I do?'

[해석] 까마귀와 물병

목마른 까마귀 한 마리가 물을 찾고 있었습니다. / 그러다가 물병을 발견했습니다. / "우와, 드디어 물을 마실 수 있겠다." / 하지만 물병 입구가 너무 좁고, 물도 반밖에 없었어요. / '어떻게 하지?' / 까마귀는 골똘히 생각에 잠겼습니다. / 그 때 문득 좋은 생각이 떠올랐어요. / 까마귀는 자갈들을 물어 물병에 집어넣었습니다. / 그러자 물이 점점 올라왔어요. / 마침내 까마귀는 물을 꿀꺽꿀꺽 마실 수 있었습니다.

The crow was deep in thought.

골똘히 생각하다.(be deep in~)

Suddenly, a good idea came to him.

He took some pebbles and dropped them

into the jar.

And the water in the jar began rising.

At last, he could gulp down the water.

결국   벌컥벌컥 마시다.

gulp~
gulp~

One day, King Midas helped Dionysus, the god of wine.

Dionysus told King Midas that he would grant him a wish ※in return.

대가로, 보답으로

"Please turn everything I touch into gold."

Dionysus granted the king his wish.

[해석] **마이더스 왕**

어느 날, 마이더스 왕은 술의 신인 디오니소스를 도와 주었어요. / 디오니소스는 마이더스 왕에게 소원 한 가지를 들어 주겠다고 했죠. / "신이시여, 제가 만지는 모든 것이 금이 되도록 해 주세요." / 디오니소스는 마이더스 왕의 소원을 들어 주었어요. / 마이더스 왕이 만지는 모든 것이 황금으로 변했어요. / 책상도, 나무도, 의자도 모두 황금으로 변했죠. / 어느 날, 마이더스 왕은 배가 고파 사과 하나를 집었어요. / 그랬더니 사과가 황금으로 변했습니다. / 마이더스 왕은 음식은 물론 물도 마실 수 없었어요. / 모든 것이 황금으로 변했거든요. / 심지어는 사랑하는 딸까지 황금 동상으로 변해 버렸어요. / 그제야 마이더스 왕은 자신의 소원을 후회했답니다.

Everything King Midas touched turned into gold. Desks, trees and chairs turned into gold.

One day, he was very hungry so he picked up an apple. The apple turned into gold.

He could not eat any food. He could not drink any water. Because everything turned into gold. Even his loving daughter turned into a golden statue. King Midas regretted that he had ever made that wish.

One day, an ass heard a grasshopper chirping.

"Ahhh! It's so beautiful."

The ass was fascinated by
~에 매료되다.(be fascinated by~)
the grasshopper's chirping.

"I want to sing like the grasshopper."

The ass wanted to sing like the grasshopper as well.

He asked the grasshopper.

"How do you have such a beautiful voice?"

"Well, it's the dew I drink."

The ass began to drink only dew because he wanted to sing like the grasshopper.

But a few days later, the ass starved to death.

굶어죽다.(starve to death)

[해석] **당나귀와 여치**

어느 날, 당나귀가 여치의 울음소리를 들었습니다. / "아아! 정말 아름다운 소리다." / 당나귀는 여치의 울음소리에 매료되었습니다. / "나도 여치처럼 아름다운 목소리로 노래 부르고 싶다." / 당나귀는 여치와 똑같은 목소리를 내고 싶었습니다. / 그래서 여치에게 물었어요. / "여치님, 당신은 어떻게 그렇게 목소리가 아름다운가요?" / "글쎄요, 저는 이슬만 먹는답니다." / 여치처럼 아름다운 노래를 부르고 싶었던 당나귀는 이슬만 먹기 시작했습니다. / 하지만 며칠 뒤, 굶어죽고 말았답니다.

A baby frog saw an ox.

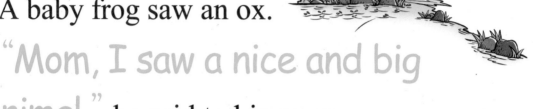

"Mom, I saw a nice and big animal," he said to his mom.

The mama frog began to puff herself up and asked,

"Was it this big?"

The baby frog shook his head.

[해석] 황소를 닮고 싶은 개구리

아기 개구리가 황소를 보았어요. / 그리고 엄마에게 말했죠. "엄마, 아주 크고 멋진 동물을 보았어요." / 그러자 엄마 개구리는 자기 몸을 부풀리기 시작했어요. / "이만큼 크니?" / 아기 개구리는 도리도리 고개를 저었어요. "아녜요, 더 커요." / 엄마 개구리는 자기 몸을 더욱 부풀렸어요. / "지금은 어때, 이만큼 크니?" / 아기 개구리는 또 도리도리 고개를 저었어요. / "아녜요, 더더더~ 커요." / 엄마 개구리는 자기 몸을 더더욱 부풀렸어요. / "그러면 이만큼 크니?" / 그 순간 엄마 개구리 몸이 팡! 터지고 말았답니다.

"No, it was bigger."

The mama frog puffed harder.

"How about now, this big?"

The baby frog shook his head again.

"No, it was bigger."

The mama frog puffed harder and harder.

"This big?"

Then the mama frog exploded.

"Pop!"

This big?

A honey pot was spilled in the kitchen.

Flies came in swarms buzzing around.

떼로, 무리를 지어

"Look, it's honey!"
"It looks so delicious!"

They swarmed at the honey pot.

And then they started to eat the honey.

They kept eating and eating

[해석] **파리와 꿀단지** -

어느 부엌에서 꿀단지가 엎질러졌습니다. / 달콤한 냄새를 맡고 윙윙거리며 파리들이 몰려들었어요. / "우와, 꿀이잖아!" / "맛있겠다!" / 파리들은 꿀단지에 달려들었어요. / 그리고 냠냠냠 맛있게 꿀을 먹어댔죠. / 그렇게 한참 동안 먹어댔어요. / "아, 배부르다." / "이제 그만 돌아가자." / 그러나 모두 꼼짝도 할 수 없었어요. / 날개며 다리가 꿀에 달라붙어서 꼼짝도 할 수 없었어요. / "으앙, 아주 잠깐의 달콤함 때문에 죽게 생겼네!"

the honey for a while.
얼마 동안

"Ah, I'm full."

"Yeah, let's go now."

But nobody could move.

Their wings and legs were stuck to the

honey so nobody could move.

"We traded our lives
for a moment of sweetness!"

15 The Hare and the Tortoise

A hare and a tortoise had a race.

"Bang!"

The hare started to run really fast when the race began.

The tortoise walked very slowly.

The hare kept running far ahead of the

휠씬 앞서서

tortoise.

[해석] **토끼와 거북이**

토끼와 거북이가 달리기 시합을 했습니다. / "땅!" / 경주가 시작되자 토끼는 재빠르게 뛰기 시작했어요. / 거북이는 느릿느릿 걸었죠. / 토끼는 거북이보다 훨씬 앞서서 달려갔어요. / "거북이가 여기까지 오려면 한참 걸리겠다. 난 낮잠이나 자야지." / 토끼는 나무 아래 누워 잠이 들었습니다. / 거북이는 여전히 느릿느릿 걸었습니다. / 쉬지 않고 걸었어요. / 한참 뒤 토끼가 잠에서 깨어났습니다. / 그 때 거북이는 막 결승점에 도착하려는 참이었습니다. / 토끼는 다시 재빨리 뛰기 시작했습니다. / 하지만 거북이에게 지고 말았습니다.

"Well, it will take a while for the tortoise to come this far. I'll take a nap."

낮잠 자다.

The hare fell asleep under a tree.

잠이 들다.(fall asleep)

The tortoise kept walking very slowly.

And he never stopped.

The hare woke up after a long nap.

The tortoise was about to reach the finish

막 ~하려고 하다.(be about to~)

line. The hare started to run fast again.

But he lost to the tortoise.

I'll take a nap.

16. The Milkmaid and Her Pail

A milkmaid went to market to sell her milk.

She was carrying a pail of milk on her head.

She thought about what she would buy with

the money once she sold the milk.

"I will buy some chickens.
The chickens will lay many eggs."

She was very excited and mumbled

[해석] 아가씨와 우유통

한 아가씨가 우유를 팔러 시장에 갔습니다. / 우유통을 머리에 이고 말이죠. / 아가씨는 우유 판 돈으로 무엇을 살지 생각했습니다. / "닭을 몇 마리 사자. 닭들이 달걀을 많이 낳겠지." / 아가씨는 신이 나서 중얼거렸습니다. / "달걀이 닭이 되면 그 닭들을 파는 거야. 그 돈으로 예쁜 옷을 사야지. 시장의 많은 총각들이 다가와 말을 걸겠지." / 아가씨는 점점 더 신이 났습니다. / "그러면 나는 도도하게 '싫어요!' 하고 말해야지." / 아가씨는 그렇게 말하면서 머리를 세차게 흔들었습니다. / 그 탓에 우유통이 바닥에 떨어졌어요. / 아가씨의 꿈은 물거품이 되고 말았답니다.

to herself.

   "The eggs will grow into chickens and
I will sell the chickens. Then, I will buy a
pretty dress. Many young men in the market
will come and speak to me."

   She got more excited.

   "And I will say 'No!' haughtily."

   As she spoke, she shook her head very
hard. She dropped the pail of milk.

   Her dream went up
꿈이 물거품이 되다.(go up in～)
in smoke.

One day, a shepherd boy cried out to the villagers. "Wolf! There is a wolf!"

The villagers came running.

"Oops! Sorry. It was a lie."

They went back to the village grumbling.

The boy found it very fun.

So he cried out to the villagers again.

[해석] **양치기 소년**

어느 날, 양치기 소년이 마을 사람들을 향해 소리쳤습니다. / "늑대다! 늑대가 나타났다!" / 마을 사람들이 달려왔어요. / "죄송해요. 거짓말이었어요." / 마을 사람들은 툴툴거리며 마을로 돌아갔죠. / 양치기 소년은 너무 재밌었어요. / 그래서 또 소리쳤어요. "늑대다! 늑대가 나타났다!" / 마을 사람들이 또 달려왔어요. / 그들은 투덜거리며 다시 마을로 돌아갔어요. / 곧, 진짜로 늑대가 나타났어요. / 양치기 소년은 큰 소리로 도움을 요청했어요. "늑대다! 늑대가 나타났다!" / 하지만 이번엔 아무도 오지 않았어요.

"Wolf! There is a wolf!"

The villagers came running again.

They went back to the village grumbling

again. Soon, a wolf really came.

The boy cried loudly for help.

도움을 요청하다.(cry for help)

"Wolf! There is a wolf!"

But this time, no one came.

The Sun and the Traveler

The sun and the north wind were arguing about who was more powerful.

"Let's play a game. The first one to make a traveler take off his

벗다.

coat wins," the north wind said.

The sun agreed.

First, the north wind gave it a try.

시도하다.(give it a try)

[해석] 해님과 나그네

해님과 북풍이 서로 더 힘이 세다고 다투고 있었습니다. / "그러면 내기를 하자. 저기 지나가는 나그네의 외투를 먼저 벗기는 사람이 이기는 거야." / 북풍이 말했습니다. / 해님도 좋다고 찬성했습니다. / 먼저 북풍이 나섰습니다. / 북풍은 후욱 하고 힘껏 바람을 불었습니다. / "어휴, 웬 바람이 이렇게 분담." / 나그네는 외투를 꽁꽁 여몄습니다. / 이번에는 해님이 나섰습니다. / 해님은 쨍쨍 햇볕을 내리쬐였습니다. / "어이쿠, 더워라. 오늘 날씨 한번 변덕스럽기도 하다." / 나그네는 꽁꽁 여몄던 외투를 벗어 버렸습니다.

The north wind blew and blew.

"Whew, the wind is blowing so hard."

The traveler wrapped his coat tightly around him. Then it was the sun's turn.

The sun made it very hot.

"Whew, it's so hot. The weather is so unpredictable today."

The traveler took off his coat.

Three Sons and the Bundle of Sticks

An old man was very sick.

He thought he was dying.

He called out to his three sons.

He told each of them to bring a wooden stick. He got all the sticks together.

"Break them."

The eldest son tried to break them.

[해석] **삼형제와 막대기 묶음**

한 노인이 깊은 병에 걸렸습니다. / 노인은 살 날이 얼마 안 남았다고 생각했습니다. / 그는 세 아들을 불렀습니다. / 그리고 나무 막대기를 하나씩 가져오라고 했습니다. / 노인은 나무 막대기를 한데 모으고 말했습니다. "이것을 부러뜨려 보아라." / 첫째아들이 나무 막대기 묶음을 부러뜨려 보았습니다. / 하지만 아무리 힘을 써도 부러지지 않았습니다. / 둘째아들도 해 보았지만 부러지지 않았습니다. / 셋째아들도 해 보았지만 부러지지 않았습니다. / 노인은 세 아들에게 말했습니다. "이번에는 나무 막대기를 하나씩 잡고 부러뜨려 보아라." / 세 아들은 나무 막대기를 쉽게 부러뜨렸습니다. / 그 모습을 보고 노인은 세 아들에게 말했습니다. "얘들아, 너희 셋은 이 나무 막대기와 같다. / 함께라면 강하지만 흩어지면 약하다는 것을 명심하렴.

But he could not.

The second son tried but he could not.

The third son tried but he also could not.

Then the old man told his sons,

"Pick up one stick and break it."

집어올리다.

The sons could break the sticks easily.

The old man said to the sons,

"Boys, you are like these sticks.

Remember, you are strong when you are

united, weak when you are divided."

The Lion and the Three Oxen

There were three oxen who got along very well.

They always grazed together in the field.

There was a lion watching the oxen.

"Ah, I can't eat them because they are always together."

One day, a good idea came to the lion.

[해석] **사자와 황소 세 마리**

사이좋은 황소 세 마리가 있었습니다. / 황소들은 늘 같이 들판에서 풀을 뜯었습니다. / 그 황소들을 사자가 노리고 있었습니다. / "아, 저 녀석들이 늘 같이 있어서 잡아먹을 수가 없단 말이야." / 그러던 어느 날, 사자는 좋은 꾀를 생각해냈습니다. / 사자는 한 황소에게 가서 말했습니다. / "있잖아, 다른 황소들이 뒤에서 너 욕하는 거 아니?" / "뭐라고? 흥, 언제나 사이좋게 지내자더니!" / 사자는 다른 두 황소에게도 똑같이 말했습니다. / 두 황소도 몹시 화를 냈습니다. / 결국 세 마리 황소는 사이가 나빠졌습니다. / 그래서 각자 떨어져서 풀을 뜯었죠. "황소 세 마리는 무서울지 모르지만, 한 마리? 그쯤이야 식은 죽 먹기지." / 사자는 황소를 한 마리씩 공격해 모두 잡아먹었습니다.

"Hey, you know what? The other oxen are badmouthing you," the lion said to an ox.

The ox replied,

"What? They told me that we should get along!" The lion also lied to the other two

사이좋게 지내다.

oxen. The other two oxen were very angry as well. At last, the three oxen came to be on bad terms. So they grazed separately.

사이가 나쁘다.

"Three oxen may be scary but one ox? It's easy as pie."

The lion attacked the oxen one by one and ate them all.

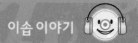

A dog found a piece of meat.

"Wow, it looks so delicious.

I will eat it all alone."

When he crossed a bridge halfway, he

happened to look down the bridge.

우연히 ~하다.(happen to~)

"What is that?"

He saw a dog with a piece of meat

in his mouth.

[해석] **욕심꾸러기 개** ------------------------------------

개 한 마리가 고깃덩어리 하나를 발견했어요. / "우와, 맛있겠다. 나 혼자 다 먹어야지." / 개는 다리를 반쯤 건넜을 때, 문득 다리 밑을 내려다보았어요. / "헉, 저게 뭐야?" / 개는 고깃덩어리를 물고 있는 다른 개를 보았어요. / 강물에 비친 자기 모습인 줄도 모르고 말이죠. / "멍청하게 생겼네. 저 녀석 고기도 빼앗아먹어야지." / 개는 무서운 표정을 지었어요. / 그리고 무섭게 짖었습니다. / "컹컹!" / 그 탓에 개는 물고 있던 고기를 강물에 떨어뜨리고 말았어요.

He did not know

it was himself reflected in the water.

"He looks pretty stupid. I will take the

meat from him." He put on a scary face.
무서운 표정을 짓다.

And he barked very hard.

"Bow wow!"

He dropped his meat and it fell into

the water.

The Ant and the Pigeon

One day, an ant fell down in the stream.

"Help! Help!"

A pigeon dropped one leaf.

"Hold on to the leaf."

~에 의지하다. 잡다.

The pigeon saved the ant's life.

A few days later, the pigeon was resting on a tree.

[해석] **개미와 비둘기**

어느 날, 개미 한 마리가 냇가에 빠졌습니다. / "살려 주세요! 살려 주세요!" / 그러자 비둘기가 나뭇잎 한 장을 떨어뜨려 주었습니다. / "나뭇잎을 붙잡으세요." / 개미는 비둘기 덕분에 목숨을 구했습니다. / 며칠 뒤, 비둘기가 나무에 앉아 쉬고 있었어요. / 그 때 사냥꾼이 비둘기를 발견했습니다. / 그리고 총을 쏠 준비를 했죠. / 그 모습을 개미가 보았습니다. / '아, 비둘기님이 위험해!' / 개미는 사냥꾼의 발을 힘껏 물었습니다. / "으악!" / 사냥꾼은 비명을 질렀습니다. / 그 소리에 놀라 비둘기가 도망쳤어요. / "고마워요, 개미님!" / 이번에는 비둘기가 개미 덕분에 목숨을 구했습니다.

At that moment, a hunter saw the pigeon.

He aimed to shoot the pigeon.

The ant saw the hunter.

'Ah, the pigeon is in danger!'

위험에 빠져 있다.(be in danger)

The ant bit on the hunter's foot.

'Ouch!' the hunter screamed.

The pigeon flew away.

"Thank you!"

The ant saved the pigeon's life.

The Farmer and the Vineyard

A farmer was very sick.

He thought he could not live any longer.

So he called his lazy three sons.

"Listen. I hid my treasure in the vineyard. Go dig it up when I die."

~을 파다.

The farmer died. The three sons went to the vineyard looking for the treasure.

[해석] 농부와 포도밭

한 농부가 깊은 병에 걸렸습니다. / 얼마 못 살 것 같았지요. / 그래서 게으른 아들 삼형제를 불렀습니다. / "잘 들어라. 내가 포도밭에 보물을 숨겨 두었다. 내가 죽거든 파 보거라." / 농부는 그렇게 말하고 숨을 거두었습니다. / 삼형제는 보물을 찾기 위해 포도밭으로 갔습니다. / 그리고 열심히 땅을 팠습니다. / "도대체 어디 있는 거야?" / "조금만 더 파 보자. 틀림없이 있을 거야." / 하지만 보물은 발견되지 않았습니다. / 어느 새 포도가 열리는 계절이 되었습니다. / 그런데 그 해 포도는 여느 해보다 크고 달았습니다. / "아, 이게 아버지가 말한 보물이구나." / 삼형제는 그제야 아버지의 깊은 뜻을 알게 되었습니다.

They started to dig in the vineyard.

"Where is it?"

"Let's dig some more. The treasure must be here." But they could not find it.

There came a season for harvesting grapes. The grapes were bigger and sweeter than ever.

"Ah, this is the treasure father talked about."

The three sons realized what the father really had meant.

Ah, this is the treasure.

24 The Lion in Love

One day, a lion saw a girl.

'Ah, she is so pretty!'

The lion fell in love with her.

사랑에 빠지다.(fall in love)

So, he asked to marry her.

But her father did not want his daughter to marry a scary lion.

The father had an idea.

[해석] **사랑에 빠진 사자**

어느 날, 사자가 한 소녀를 보았어요. / '아, 정말 예쁜 소녀다!' / 사자는 소녀에게 한눈에 반했답니다. / 그래서 사자는 소녀에게 청혼을 했지요. / 하지만 소녀의 아버지는 딸이 무서운 사자랑 결혼하기를 바라지 않았어요. / 그래서 꾀를 냈죠. / "사자님, 우리 딸은 겁이 많답니다. 당신의 날카로운 발톱과 이빨을 보면 도망갈 거예요. 하지만 발톱과 이빨을 뽑으면 딸도 사자님을 좋아할 것입니다." / 그 말을 들은 사자는 발톱과 이빨을 모두 뽑았죠. / 그리고 다시 소녀를 찾아갔어요. / 그러자 소녀의 아버지가 몽둥이를 들고나와 사자를 멀리 쫓아냈습니다.

"Mr. Lion, my daughter is very faint-hearted. She will run away when she sees your sharp claws and teeth. But she will like you if you have your claws and teeth pulled out."

The lion had his claws and teeth pulled out. Then he came back to see her.

뽑다.(pull out)

Her father came out with a club and drove him out.

쫓아내다.(drive someone out)

It was a dark night.

One man was walking down the street.

"It's too dark. I can't see anything."

He walked carefully.

A man in the distance was coming to him carrying a lantern. He was blind.

[해석] **장님과 등불**

아주 깜깜한 밤이었습니다. / 한 나그네가 길을 걷고 있었습니다. / "너무 어두워서 아무것도 안 보이네." / 나그네는 조심조심 길을 가고 있었습니다. / 그 때 멀리서 어떤 사내가 등불을 들고 나그네 쪽으로 오고 있었습니다. / 사내는 장님이었습니다. / 나그네는 장님을 비웃으며 말했습니다. / "당신은 참 바보군요. 앞도 보지 못하면서 왜 등불을 들고 다닙니까?" / 그러자 장님이 말했습니다. / "내 등불을 보고 다른 사람들이 나를 피할 수 있을 테니까요. 이 등불은 내가 아닌, 다른 사람들을 위한 것입니다."

The man laughed at the blind man.

비웃다.(laugh at)

"You are such a fool. You are blind.

Why are you carrying a lantern?"

The blind man said,

"I have this so that other men
may not knock against me.
This lantern is not for me.
It's for other people."

This lautern is for other people.

One boy stole a notebook from his friend at school.

But his mother did not punish him.

"Wow, good boy."

His mother complimented him instead, and he continued stealing from his friends.

Whenever he stole things from his friends,

[해석] 바늘도둑이 소도둑 된다

한 소년이 학교에서 친구의 공책을 훔쳤습니다. / 그런데 소년의 어머니는 아들을 혼내지 않았습니다. / "아이고, 우리 아들, 잘했다." / 어머니가 칭찬을 하자, 소년은 친구들의 물건을 계속 훔쳤습니다. / 소년이 친구들의 물건을 훔칠 때마다 소년의 어머니는 소년을 칭찬했어요. / 그러던 어느 날, 소년은 도둑질을 하다가 붙잡혔습니다. / 그리고 재판관 앞으로 끌려갔죠. / 소년은 어머니에게 할 말이 있다고 했습니다. / 소년은 어머니의 귀를 꽉 물며 말했습니다. / "내가 처음 공책을 훔쳐왔을 때 나를 혼냈더라면, 이 법정까지 오지는 않았을 것입니다."

his mother praised him.

One day, he was caught stealing.

~하다가 붙잡히다. 들키다.(be caught ~ing)

He was dragged to a judge.

He said he had something to tell

his mother.

"If you had punished me
when I first started stealing,
I wouldn't be here," he whispered

in her ear.

27 Pandora and the Mysterious Chest

Pandora was the first woman created by the Greek gods.

She lived with Epimetheus.

He had a chest.

"Pandora, never open this chest," he warned her. Pandora always wondered what was inside the chest.

[해석] **판도라의 상자**

판도라는 그리스의 신들이 만든 최초의 여자입니다. / 판도라는 에피메테우스와 함께 살게 되었어요. / 에피메테우스에게는 상자가 하나 있었습니다. / "판도라, 이 상자는 절대로 열면 안 되오." / 에피메테우스는 판도라에게 주의를 주었습니다. / 판도라는 상자 안에 무엇이 들었는지 궁금했습니다. / '왜 상자를 못 열게 하는 거지? 상자 안에 무엇이 들었을까?' / 판도라는 궁금증을 참지 못하고 그만 상자를 열었습니다. / 그러자 인간을 괴롭히는 모든 것들이 쏟아져 나왔습니다. / 깜짝 놀란 판도라는 재빨리 상자를 닫았습니다. / 하지만 상자 속에 있던 것들이 모두 날아간 뒤였습니다. / 상자 속에는 딱 한 가지만이 남았습니다. / 그것은 '희망'이었습니다.

'Why doesn't he let me open the chest? What's inside?'

At last, she opened the chest *out of curiosity.
호기심으로

All the terrifying things began to come out of the chest.

She was so scared and tried to close it.

But, everything that was inside the chest flew into the air. There was only one thing left in the chest. It was 'hope.'

28. Nymph Echo

Echo was the goddess Hera's servant nymph. But she was so talkative that Hera punished her.

"From now on, you will live
지금부터
echoing the words of others."

She lived alone in a cave in the woods.

One day, she saw a handsome boy.

[해석] **에코 이야기**

에코는 헤라 여신의 시중을 드는 요정이었어요. / 그런데 너무나 수다스러워 헤라 여신이 벌을 내렸죠. / "지금부터 너는 다른 사람의 말을 따라하기만 하며 살게 될 것이다." / 에코는 숲 속 동굴에서 혼자 살게 되었어요. / 그러던 어느 날, 에코는 숲 속에서 멋진 소년을 보았어요. / 그는 나르시소스였죠. / 에코는 나르시소스에게 사랑을 고백하고 싶었지만 그럴 수 없었어요. / "너는 누구냐?" / "누구냐, 누구냐…." / 에코는 나르시소스의 말을 따라하기만 했어요. / "그만해! 장난 그만하라고!" / "하라고…." / 에코는 나르시소스와 사랑을 이루지 못했어요. / 그 탓에 몸이 점점 야위어 사라지고 목소리만 남게 되었습니다.

His name was Narcissus.

She wanted to confess her love.

"Who are you?" "You, you···."

Echo kept repeating his words.

"Stop! Stop doing it!"

"Doing it···."

Echo could not earn his love.

She became so thin and later disappeared.

Only her voice still exists.

Who are you?

You, you···

29. The Princess and the Pea

One evening, a girl came to the farmer's house. "I am a princess. I'm lost. Please let me stay here tonight."

He was at a loss for words.
할 말을 잃다.

But he decided to let her stay in his house.

'Is she really a princess?'

He put a little pea on the bedstead.

[해석] **공주와 콩**

어느 날 밤, 한 소녀가 농부의 집에 찾아왔습니다. / "나는 공주예요. 길을 잃었으니 하룻밤만 재워 주세요." / 농부는 기가 막혔습니다. / 그래도 소녀를 재워 주기로 했죠. / '정말 이 소녀가 공주일까?' / 농부는 침대 밑에 콩알 하나를 두었습니다. / 그러고는 그 위에 이불을 여러 장 깔았죠. / "이 침대에서 주무세요." / 이튿날, 농부가 물었습니다. / "잘 주무셨어요?" / 그러자 소녀는 툴툴거리며 말했습니다. / "잘 자기는! 등에 뭐가 배겨서 한숨도 못 잤어요!" / 그 말에 농부는 소녀가 진짜 공주라는 것을 알고 정중하게 인사했습니다.

And then he put many mattresses on top of it.
～위에

"Sleep on this bed." The next day, he asked, "Did you sleep well?"

"Oh please! Something was under my back. I couldn't sleep at all," she abruptly answered.

The farmer at last got to know she was a real princess and greeted her politely.

"Go away! I don't want to play with you."

The ugly duckling was left out by his

따돌림당하다.(be left out)

friends. He was even left out by his own

brothers. He left his home.

And he went into the woods.

"Yikes! Who is that ugly kid?"

[해석] **미운 오리 새끼**

"저리 가! 너랑 놀기 싫어." / 미운 오리 새끼는 친구들에게 따돌림당했습니다. / 심지어는 형제들에게도 따돌림을 당했습니다. / 결국 미운 오리 새끼는 집을 나왔습니다. / 그리고 숲 속으로 들어갔죠. / "어머머, 저 못생긴 애는 누구야?" / 숲 속의 어느 누구도 친구가 되어 주지 않았습니다. / 겨울이 가고 봄이 찾아왔습니다. / 어느 날, 미운 오리 새끼는 호수에서 헤엄치고 있는 백조들을 보았습니다. / "우와, 아름다워라!" / 미운 오리 새끼는 백조에게 다가갔습니다. / 순간 갑자기 미운 오리 새끼가 하늘로 날아오르기 시작했습니다. / 미운 오리 새끼는 맑은 물에 비친 자신의 모습을 보았습니다. / 미운 오리 새끼는 아름다운 백조였습니다.

No one in the woods wanted to be his friend. Winter was over and spring came.

One day, the ugly duckling saw some swans swimming in the lake.

"Wow, they are so beautiful!"

The ugly duckling went to the swans.

Suddenly, the ugly duckling started to fly up into the sky. The ugly duckling saw his image in the clear water. The ugly duckling was a beautiful swan.

Go away!

31 Snow White

Once upon a time, there lived a pretty
옛날에
princess called Snow White.

One day, a wicked queen kicked her out into the woods. Fortunately, she met seven dwarfs.

One day, the wicked queen asked the mirror,

"Mirror, Mirror, who is the prettiest of them all?"

[해석] **백설공주**

옛날에 백설공주라는 예쁜 공주가 살고 있었습니다. / 어느 날, 못된 왕비가 백설공주를 숲 속으로 내쫓았어요. / 다행히 백설공주는 일곱 난쟁이를 만났습니다. / 어느 날, 못된 왕비가 거울에게 물었습니다. / "거울아, 거울아, 이 세상에서 누가 가장 예쁘니?" / 거울이 대답했어요. / "백설공주입니다." / 못된 왕비는 매우 화가 났습니다. / 왕비는 변장을 하고 백설공주에게 독사과를 주었습니다. / 독사과를 먹은 백설공주는 깊은 잠에 빠져들었어요. / 하지만 멋진 왕자님의 키스를 받고 잠에서 깨어났답니다. / 그 후 백설공주와 왕자님은 행복하게 잘 살았어요.

"It's Snow White," the mirror

answered. The wicked queen was very angry.

She disguised herself and gave

Snow White a poisonous apple.

Snow White took a bite and fell asleep.

한 입 베어먹다.(take a bite)

But a handsome prince kissed her and she

woke up. They lived happily ever after.

깨어나다, 일어나다.(wake up)

Cinderella

프랑스 동화

Once upon a time, there lived a girl called Cinderella. Her stepmother and stepsisters harassed her all the time.
줄곧

One day, there was a ball at the palace.

Her stepmother and stepsisters went to the palace but Cinderella could not go.

She did not have a pretty dress.

[해석] **신데렐라**

옛날에 신데렐라라는 소녀가 살고 있었어요. / 계모와 언니들은 끊임없이 신데렐라를 괴롭혔습니다. / 어느 날, 궁전에서 무도회가 열렸어요. / 계모와 언니들은 궁전에 갔지만 신데렐라는 갈 수 없었죠. / 예쁜 드레스가 없었거든요. / 하지만 그 날 밤 요정들이 나타나 신데렐라를 도와 주었어요. / "신데렐라님, 꼭 밤 12시까지는 돌아와야 해요." / 한 요정이 신데렐라에게 말했어요. / 신데렐라를 본 왕자는 사랑에 빠졌어요. / 하지만 신데렐라는 시계가 12시를 가리키자 재빨리 궁전에서 뛰어나왔죠. / 그러다 그만 유리구두 한 짝을 궁전에 두고 왔어요. / 이튿날, 왕자는 유리구두의 주인을 찾아다녔죠. / 그리고 마침내 신데렐라를 찾아냈어요. / 신데렐라와 왕자는 결혼해서 행복하게 잘 살았답니다.

But fairies came that night and helped her. "Cinderella, please come back by midnight," a fairy said to her.

The prince fell in love with Cinderella.

But she quickly came out of the palace just when the clock was striking midnight.

She left her glass slipper at the palace.

The next day, the prince looked all over for the owner of the slipper. He finally found Cinderella.

They lived happily ever after.

A woodcutter dropped his ax in the river.

While he was crying, the god of mountains came out of the river.

The god of mountains brought him a gold ax and asked him, "Is this your ax?"

"No," he answered.

And then, the god of mountains brought

[해석] **금도끼 은도끼**

한 나무꾼이 강물에 도끼를 빠뜨렸어요. / 나무꾼이 울고 있는데, 강에서 산신령이 나타났어요. / 산신령은 금도끼를 내밀며 물었습니다. / "이것이 네 도끼냐?" / "아닙니다." / 나무꾼이 대답했습니다. / 산신령은 이번에는 은도끼를 내밀며 물었습니다. / "이것이 네 도끼냐?" / "아닙니다." / 나무꾼이 대답했습니다. / 산신령은 이번에는 쇠도끼를 내밀며 물었습니다. / "이것이 네 도끼냐?" / "맞습니다." / 나무꾼이 대답했습니다. / 그러자 산신령이 웃으며 말했습니다. / "너는 참 정직하구나. 이 금도끼와 은도끼도 모두 가져가거라."

him a silver ax. "Is this your ax?"

"No," he answered.

The god of mountains brought him
an iron ax. "Is this your ax?"

"Yes," he answered.

And then the god of mountains smiled.

"You are very honest. Take the gold ax and
the silver ax as well."

The Brown Cow and the Black Cow

전래동화

One scholar was walking down the street and saw a farmer plowing the field.

The farmer had a brown cow and a black cow. The scholar asked the farmer in the middle of the field,

~의 중앙에

"Hey, which cow is better between the two?"

[해석] 누런 소와 검은 소

한 선비가 길을 가다가 밭을 갈고 있는 농부를 보았습니다. / 농부는 누런 소와 검은 소를 같이 몰고 있었습니다. / 밭 한가운데에 있는 농부에게 선비가 물었습니다. / "여보시오, 두 마리 중 어느 소가 일을 더 잘하오?" / 그러자 농부는 선비에게 다가와 작은 목소리로 말했습니다. / "누런 소가 일을 더 잘합니다. 검은 소는 덩치만 컸지 힘이 별로 없어요." / "그런데 왜 속삭이는 거요?" / 그러자 농부가 말했습니다. / "아무리 짐승이라도 말은 조심해야죠. 사람이건 짐승이건 자기 흉보는 소리는 듣기 싫어할 테니까요."

The farmer came close to the scholar and whispered,

"The brown cow is better. The black cow is big but weak."

"Why are you whispering?"

The farmer answered,

"I need to be careful what I say, because even though he is an animal he would not like someone badmouthing him."

The beasts and the birds started arguing.

Each side put up a good fight.

When the beasts were winning, the bat came to the beasts.

"I am a beast like you.
See, I look like a mouse."

But when the birds were winning,

[해석] 박쥐

동물들과 새들 사이에 싸움이 일어났습니다. / 막상막하라 누가 이길지 알 수 없었죠. / 동물들이 이길 것 같으면 박쥐는 동물들을 찾아갔습니다. / "나는 동물이야. 봐, 쥐랑 똑같이 생겼잖아." / 하지만 새들이 이길 것 같으면 박쥐는 새들을 찾아갔습니다. / "사실 나는 새야. 봐, 날개가 있잖아." / 그렇게 박쥐는 동물들과 새들 사이를 왔다갔다했습니다.

he went to the birds.

"In fact, I am a bird.
See, I have wings."

He was coming and going between the

beasts and the birds.

Fortunately, the two sides made peace.
화해하다.(make peace)

Then they said to the bat,

"You said you are a bird? Go to the birds."

"You said you are a beast?

Go to the beasts."

The bat was not wanted by any of them.

So he went to live alone in a dark cave.

Go to the
beasts!

다행히 동물들과 새들은 화해를 했습니다. / 그리고 박쥐에게 한 마디씩 했죠. / "너는 새라며? 새들한테 가." / "너는 동물이라며? 동물들한테 가." / 결국 박쥐는 동물들과 새들에게 쫓겨났습니다. / 그리고 어두운 동굴에서 외롭게 살게 되었어요.

Three little pigs decided to build a house.

The eldest pig built a house with straw.

"It looks strong."

Then, a wolf came.

The eldest pig hid himself in the house.

"Hmm, this is a piece of cake."

The wolf blew down the house.

And the house collapsed.

[해석] 아기 돼지 삼형제

아기 돼지 삼형제가 집을 짓기로 했어요. / 제일 큰형은 짚으로 집을 지었죠. / "이 정도면 끄떡없지 뭐." / 그 때 늑대가 나타났어요. / 돼지는 재빨리 집에 숨었죠. / "흥, 이쯤이야 식은 죽 먹기지." / 늑대가 후욱 세게 바람을 불었어요. / 그러자 집이 무너졌습니다.

The eldest pig went to the second eldest pig's house.

He had a wooden house.

The wolf also blew down his house.

The two pigs then went to the youngest pig's house.

He had a brick house.

"Ok, this house looks strong."

Then, the wolf came.

The little pigs hid themselves in the house.

큰형은 작은형네 집으로 갔습니다. / 작은형은 나무로 집을 지었죠. / 그의 집도 늑대가 후욱 하고 불자 무너졌습니다. / 큰형과 작은형은 막내네 집으로 갔습니다. / 막내는 벽돌로 집을 지었죠. / "됐어, 이 정도면 끄떡없겠어." / 그 때 늑대가 나타났어요. / 돼지들은 재빨리 집에 숨었죠. / "흥, 이까짓 집쯤이야. 후욱~!" / 하지만 막내네 집은 늑대가 아무리 불어도 끄떡없었습니다.

"Hmmm. It's a piece of cake, hoooo~woooo~!"

But no matter how hard the wolf blew, the house did not budge.

It's a piece of cake.

There lived a wise king named Solomon.

One day, two women came to him with a baby.

"This baby is mine."
"No, the baby is mine."

They kept arguing.

King Solomon thought for a while, then said,

[해석] **솔로몬 왕의 판결**

솔로몬이라는 지혜로운 왕이 있었습니다. / 어느 날, 두 여인이 아기를 데리고 왕에게 왔습니다. / "이 아기는 제 아기예요." / "아니에요, 이 아기는 제 아기입니다." / 두 여인은 계속 싸웠어요. / 솔로몬 왕은 잠시 생각하더니 말했습니다. / "아기를 반으로 잘라 한 쪽씩 가져라." / 그러자 한 여인이 말했습니다. / "네, 역시 현명한 왕이세요." / 그러나 다른 여인은 울면서 말했습니다.

"Cut the baby in half, and you can each get a piece."

Then one of the women said,

"Yes, you are a wise king."

But the other woman cried and said,

"No, please give the baby to that woman."

King Solomon said,

"Now I know who the real mother is."

King Solomon gave the baby to the second woman.

And he punished the other woman.

"안 돼요. 차라리 아기를 저 여인에게 주세요, 흑흑." / 그러자 솔로몬 왕이 말했습니다. / "누가 진짜 엄마인지 알겠노라." / 솔로몬 왕은 두 번째 여인에게 아기를 건네 주었습니다. / 그리고 다른 여인에게는 큰 벌을 내렸습니다.

38 The Little Mermaid

A little mermaid was living in the deep sea.

One day, she saw a prince on a ship.

She fell in love with him.

"I'll do anything to be a human."
무엇이든 하다.

The witch told the mermaid,

"If you give me your voice, I'll give two legs to you. But if you

---

[해석] **인어공주**

깊은 바다 속에 인어공주가 살고 있었습니다. / 어느 날, 인어공주는 배를 타고 있는 왕자를 보았습니다. / 그리고 사랑에 빠지고 말았죠. / "사람이 될 수만 있다면 무슨 일이든 하겠어요." / 마녀가 인어공주에게 말했습니다. / "네 목소리를 다오. 그러면 네게 두 다리를 주겠다. 하지만 왕자의 사랑을 얻지 못하면 너는 죽게 될 거다."

can't get the prince's love, you will die."

She got the two legs from the witch in exchange for her voice.

교환으로, 대가로

But she could not get the prince's love.

The prince married another princess.

On the wedding day, the mermaid's sisters came to see her.

"Kill him with this knife and you will survive."

But the little mermaid hurled the knife into the sea.

And then she threw herself into the water and became bubbles.

그렇게 인어공주는 목소리를 마녀에게 주고 대신 두 다리를 얻었습니다. / 하지만 왕자의 사랑을 얻지 못했어요. / 왕자는 다른 공주와 결혼하게 되었습니다. / 결혼식날, 인어공주의 언니들이 찾아왔습니다. / "이 칼로 왕자를 죽이면 넌 살 수 있어." / 하지만 인어공주는 칼을 바다에 던져 버렸습니다. / 그리고 자신도 바다에 몸을 던져 물거품이 되었습니다.

A donkey was walking with a big bag filled with salt on his back.

~로 가득찬(fill with~)

'Ah, it is so heavy. I wonder why?'

He struggled his way up to a river.

He suddenly slipped and fell down.

"Hee~ Haw~!"

He was floundering in the water.

[해석] **어리석은 당나귀**

당나귀가 커다란 소금자루를 등에 지고 걷고 있었어요. / '헉헉, 힘들다. 짐이 왜 이렇게 무겁담?' / 당나귀는 낑낑거리며 냇가에 이르렀습니다. / 그 때 그만 발이 미끄러져서 넘어지고 말았어요. / "히이잉~!" / 당나귀는 물에 빠져 허우적거렸습니다. / 간신히 일어나니 짐이 가벼워졌습니다. / 소금이 물에 녹았기 때문이죠. / '오호라, 소금이 물에 젖으면 가벼워지는구나.' / 며칠 뒤, 당나귀는 솜을 지고 가게 되었어요.

When he got up, his bag felt very light.

It was because the salt had melted
in the water.

'Oh, salt becomes lighter when
it gets wet.'

A few days later, the donkey was walking
with some cotton on his back.

When he arrived to the river, he got an idea.

'The cotton will become lighter if I fall down in the water as I did last time.'

He fell down in the river on purpose.

일부러

But the cotton became so heavy when it was wet.

"Hee Haw! Ah! I fell into my own trap."

자기 꾀에 자기가 빠지다.
(fall into one's own trap)

He regretted it but it was too late.

냇가에 이르자 당나귀는 꾀를 냈죠. / '지난번처럼 또 물에 빠지면 솜이 가벼워지겠지.' / 당나귀는 일부러 물에 빠졌어요. / 하지만 솜이 물을 잔뜩 먹어 더욱 무거워졌습니다. / "히이잉! 아이고, 내 꾀에 내가 넘어갔구나." / 당나귀는 후회했지만 이미 때는 늦었답니다.

40

The Frog Prince

Once upon a time, there lived a pretty princess.

One day, she dropped a golden ball into a well in the woods.

"What should I do? That's my favorite ball."

At that moment, a frog appeared.

"If I find your golden ball, please grant my wish."

소원을 들어 주다.

[해석] 개구리왕자

옛날에 예쁜 공주가 살고 있었어요. / 어느 날, 공주는 황금공을 숲 속 우물에 빠뜨렸습니다. / "어떡해? 내가 가장 아끼는 공인데." / 그 때 개구리가 나타났습니다. / "제가 황금공을 찾아 줄 테니, 제 소원을 들어 주세요."

"Yes, please."

He brought the golden ball.

"Princess, I want to marry you."

The princess went back to the palace.

She didn't want to live with the frog.

The next day, somebody came to the palace.

He was the frog.

"OK. I'll keep my promise.
Let's get married."

Suddenly the frog changed into

a handsome prince.

"I was put under a curse by a

저주를 받다.(be put under a curse)

wicked witch. You released me

from the curse."

They lived happily ever after.

영원히 행복하게 살다.(live happily ever after)

"그래, 부탁할게." / 개구리는 금방 황금공을 찾아왔습니다. / "공주님, 제 소원은 공주님과 결혼하는 거예요." / 그 말을 들은 공주는 얼른 궁전으로 돌아가 버렸어요. / 개구리와 함께 살기 싫었거든요. / 이튿날, 누군가가 궁전으로 찾아왔습니다. / 바로 그 개구리였어요. / "알았어, 약속을 지킬게. 나랑 결혼하자." / 그 순간 개구리는 멋진 왕자로 변했어요. / "저는 못된 마녀의 저주로 개구리가 되었습니다. 공주님이 저주를 풀어 주었어요." / 그 후 왕자와 공주는 행복하게 잘 살았습니다.

The Enormous Turnip

Once upon a time, there lived an old man, his wife, his granddaughter, a dog, a cat and a mouse.

One day, he planted a turnip seed.

"Seed! Seed! Grow up fast and become a delicious turnip."

He took good care of it.

[해석] **커다란 순무**

옛날 옛적에, 할아버지와 할머니, 손녀와 개 한 마리, 고양이 한 마리, 쥐 한 마리가 살고 있었습니다. / 어느 날, 할아버지는 순무 씨앗을 심었습니다. / "순무 씨야, 순무 씨야, 무럭무럭 빨리 자라서 맛있는 순무가 되어라." / 할아버지는 순무를 정성껏 돌보았습니다. / 순무는 무럭무럭 잘 자랐습니다. / "이제 순무를 뽑아야겠구나." / 할아버지는 순무를 힘껏 뽑았습니다. / 하지만 꼼짝도 하지 않았어요. / 할아버지는 할머니를 불렀어요.

The turnip grew bigger and bigger.

"Now I need to pull out the turnip."

뽑다.

He tried hard to pull the turnip out of the ground. But it would not budge.

He called his wife.

They tried together to pull out the turnip.

But it would not come out.

And then all the family came together.

The mouse held the cat, the cat held the dog,

the dog held the granddaughter,

the granddaughter held her grandmother,

the grandmother held her husband.

They pulled the turnip out very hard.

"Zaboom!"

That night, they shared the turnip.

할아버지와 할머니가 힘을 합해 순무를 힘껏 뽑았습니다. / 하지만 꼼짝도 하지 않았어요. / 이번에는 온 가족이 다 모였어요. / 쥐가 고양이를 붙잡고, 고양이는 개를 붙잡고, 개는 손녀를 붙잡고, 손녀는 할머니를 붙잡고, 할머니는 할아버지를 붙잡았어요. / 다같이 힘을 모아 순무를 뽑았습니다. / "쑤욱!" / 그 날 밤, 온 가족이 순무를 골고루 나누어 먹었어요.

42 The Sleeping Beauty

Once upon a time, a pretty little princess was born.

The king and the queen threw a big party to celebrate.

성대한 파티를 열다.(throw a big party)

But an uninvited bad witch put a curse on the little princess.

~에게 저주를 퍼붓다.

"The princess will be pricked by a needle on a spinning wheel and

[해석] **잠자는 숲 속의 공주**

옛날에 한 예쁜 공주님이 태어났어요. / 왕과 왕비는 아주 성대한 파티를 열었죠. / 그런데 초대받지 못한 못된 마녀가 저주를 내렸어요.

die from the wound when she turns 16."

The frightened king got rid of all spinning wheels in the land.

The princess turned 16.

"What is this? I've never seen this before."

The princess was wandering around the palace and saw a strange thing.

It was a spinning wheel.

"공주는 16살 때 물레방아의 바늘에 손이 찔려 죽을 것이다." / 두려운 왕은 모든 물레방아를 없애 버렸습니다. / 공주가 16살이 되었습니다. / "이게 뭐지? 처음 보는 건데." / 공주는 궁전 이곳저곳을 돌아다니다가 신기한 물건을 발견했습니다. / 바로 물레방아였어요. / 공주는 물레방아를 신기한 듯 만져 보았습니다. / 그 순간이었어요. / "아얏!" / 그만 공주는 물레방아의 바늘에 찔리고 말았습니다. / 그리고 깊은 잠에 빠져들었죠. / 하지만 멋진 왕자의 키스를 받고 잠에서 깨어났어요. / 공주와 왕자는 결혼해서 행복하게 잘 살았답니다.

The princess touched it out of curiosity and
at that moment,

호기심으로

"Ouch!"

She got pricked by a needle on the spinning
wheel. She fell asleep.

But after a handsome prince kissed her, she
woke up. They lived happily ever after.

43. The Pied Piper

A town was swarming with dirty rats.

People in the town were suffering from the

rats and one day, the mayor said,

"I'll give a prize to whoever
gets rid of all the rats."

없애다. 제거하다.

Then, one man said,

"Are you sure? Will you give me a prize

[해석] 피리 부는 사나이

더러운 쥐들로 들끓는 마을이 있었습니다. / 쥐들 때문에 마을 사람들이 고통을 받자 어느 날 시장이 말했습니다. / "누구든 쥐를 모두 없애 주면 상을 주겠소." / 그러자 한 사내가 말했습니다. "정말이죠? 내가 쥐들을 모두 없애면 상을 주시는 거죠?" / "물론이오!" / 시장이 대답했습니다. / 사내는 피리를 불기 시작했습니다. / "피리리~." / 그러자 모든 쥐들이 피리 부는 사내를 따라 마을 밖으로 사라졌습니다.

if I can get rid of all the rats?"

"Of course," he answered.

The man started to play the pipe.

"Toot~ Toot~."

Just then, all the rats followed the man
and went out of town.

But the mayor changed his mind.

He did not want to give a prize to the man.

The mayor started giving all kinds of excuses.

"Don't try to make an excuse.
변명하다.
You changed your mind. You will regret it."

The man started to play the pipe again.

"Toot~ Toot~."

Just then, all the children came out.

They followed the man and were all gone.

하지만 시장의 마음이 바뀌었습니다. / 시장은 사내에게 상을 주기 싫었어요. / 시장은 이런저런 핑계를 댔습니다. / "핑계대지 마세요. 시장님은 마음이 변했어요. 후회하게 될 겁니다." / 사내는 다시 피리를 불기 시작했습니다. / "피리리~." / 그러자 아이들이 모두 뛰쳐나왔습니다. / 그리고 피리 부는 사내를 따라 멀리멀리 사라져 버렸습니다.

44 The Tiger and the Dried Persimmon

One day, a tiger came down from the

mountain.

He wandered around and went into

돌아다니다.(wander around)

someone's yard.

The tiger suddenly heard a baby crying.

The baby's mom was trying to

calm him down.

~를 진정시키다. 달래다.

[해석] 호랑이와 곶감

어느 날, 호랑이 한 마리가 산에서 내려왔습니다. / 어슬렁거리던 호랑이는 어느 집 마당에 들어섰어요. / 그 때 아기 울음소리가 들려왔습니다. / 엄마는 아기를 달래기 위해 애를 쓰고 있었어요.

"Don't cry. There is a tiger outside."

The tiger was very surprised.

'How does she know I'm here?'

But the baby didn't stop crying.

'I'm the king of the jungle but he is not scared of me.'

~를 두려워하다.(be scared of~)

And then he heard the mom say,

"Here is some dried persimmon. Don't cry."

"아가야, 울지 마라. 밖에 호랑이가 와 있단다." / 호랑이는 깜짝 놀랐습니다. / '어떻게 내가 온 줄 알았지?' / 하지만 아기는 울음을 그치지 않았습니다. / '어허, 밀림의 왕인 이 호랑이를 무서워하지 않는 녀석이군.' / 그 때 엄마의 목소리가 들려왔습니다. / "여기 곶감 있다, 곶감. 울지 마라." / 그러자 아기는 울음을 뚝 그쳤습니다. / '어헉! 곶감이란 녀석, 정말 무서운 놈인가 보다. 아기가 울음을 뚝 그치다니. 여기 있다가는 큰일나겠어.' / 호랑이는 걸음아 나 살려라 도망을 쳤답니다.

Then the baby stopped crying.

'Wow, the dried persimmon must be someone very scary. It made the baby stop crying. I must get out of here.'

~에서 나가다.

The tiger ran away as fast as he could.

Don't cry.

Nolbu and Heungbu

Once upon a time, there were two brothers, Nolbu and Heungbu.

Nolbu, the elder brother, was rich but greedy. Heungbu, the younger brother, was poor but generous.

One day, Heungbu found a swallow with a broken leg.

[해석] **흥부와 놀부**

옛날에 흥부와 놀부라는 두 형제가 살고 있었습니다. / 형 놀부는 부자이고 심술쟁이였어요. / 동생 흥부는 가난했지만 마음씨가 착했습니다. / 어느 날, 흥부는 다리를 다친 제비를 발견했어요. / 흥부는 제비를 잘 보살펴 주었습니다. / 다음 해 봄, 제비가 박씨 하나를 물어다 주었어요. / 흥부는 박씨를 심고 정성껏 가꾸었습니다. / 가을이 되자 박이 주렁주렁 달렸습니다. /

He took care of the bird.

The next spring, the swallow brought

a gourd seed to Heungbu.

Heungbu planted the seed and

took a good care of it.

~를 잘 돌보다.(take a good care of~)

When fall came, the gourd grew in

clusters.

"See-Saw-Sacradown."

슬금슬금 톱질하세.

And then, many pieces of gold and rice fell out.

Nolbu heard the story.

He found a swallow and broke its leg on purpose and took care of it.

고의로

The bird brought a gourd seed.

When fall came, the gourd grew in clusters.

"See-Saw-Sacradown."

And then, a goblin came out of the gourd and punished Nolbu.

"슬금슬금 톱질하세!" / 그러자 쌀과 온갖 보물들이 쏟아져나왔습니다. / 놀부가 그 소식을 들었어요. / 놀부는 제비를 찾아서 일부러 다리를 부러뜨리고 보살펴 주었죠. / 제비는 박씨 하나를 물어다 주었습니다. / 가을이 되어 박이 주렁주렁 열렸습니다. "슬금슬금 톱질하세!" / 그런데 놀부네 박에서는 도깨비가 뛰쳐나와 놀부를 혼내 주었어요.

46 The Fountain of Youth

Once upon a time, there lived a nice old man. One day, he went up to a mountain to cut down trees.

"Whew, I'm thirsty."

He found a fountain and drank from it.

After drinking the water, he became a bit younger.

[해석] **젊어지는 샘물**

옛날에 마음씨 착한 할아버지가 살고 있었습니다. / 어느 날, 할아버지는 산에 나무를 하러 갔습니다. / "어이구, 목마르다." / 할아버지는 마침 샘물을 발견하고 목을 축였습니다. / 그런데 샘물을 한 모금 마시자 몸이 조금 젊어졌습니다. /

"This is very strange."

After having three more sips, he became a dashing young man.

He came back home.

He told his wife about the fountain.

She became a young woman after having three sips.

A greedy old man heard the story.

"What? There is a fountain

of youth? I'll go and drink the water."

He found the fountain and drank the water.

"I'll drink the water as much as I can."

가능한 한 많이

He gulped down the water.

He became a baby because he drank the water too much.

The nice man and his wife had no baby so they raised him.

"이거 아주 신기한 샘물이군." / 할아버지는 샘물을 세 모금 마시자 늠름한 청년이 되었습니다. / 할아버지는 집으로 돌아왔습니다. / 그리고 할머니에게 샘물 이야기를 했어요. / 할머니도 샘물 세 모금을 마시고 젊은 새댁이 되었습니다. / 그 소식을 욕심쟁이 할아버지가 들었습니다. / "뭐야? 마시면 젊어지는 샘물이 있다고? 그럼 나도 가서 마셔야지." / 욕심쟁이 할아버지는 샘물을 찾아 마셨습니다. / "가능한 한 많이 마셔야지." / 욕심쟁이 할아버지는 샘물을 벌 컥벌컥 마셨습니다. / 그런데 너무나 많이 마셔서 그만 갓난아기가 되고 말았어요. / 마침 아기가 없던 착한 할아버지 와 할머니는 아기가 된 욕심쟁이 할아버지를 데려다가 잘 키웠습니다.

Once upon a time, there lived two good brothers in a village.

They went to the rice field everyday to work.

When fall came, they got to harvest.

They divided the harvested rice in half.

That night, the younger brother thought,

[해석] **의종은 형제**

옛날 어느 마을에 의종은 형제가 살고 있었어요. / 형제는 부지런히 농사를 지었습니다. / 가을이 되어 추수를 했지요. / 형제는 쌀가마니를 똑같이 나누었습니다. / 그 날 밤, 동생은 생각했습니다. / '형님은 결혼해서 아이도 있으니 쌀이 더 필요할 거야. 똑같이 나누는 게 아니었어. 그냥 드리면 형님이 안 받을 테니, 몰래 가져다 놓아야겠다.' / 아우는 쌀가마니를 들고 형네 집으로 향했습니다. / 그 때 형도 동생 생각을 하고 있었습니다.

'He is married with a child.
He needs more rice. We should
not have divided the rice in half.
But he would not take more rice.
I'll secretly take the rice
to him.'

He went to the elder brother's house

carrying some sacks of rice.

The elder brother was also thinking,

'He needs to take care of mom

and get married. He needs more rice. But he would not take more rice. I'll secretly take the rice to him.'

He went to the younger brother's house carrying some sacks of rice.

They ran into each other halfway.
서로 마주치다.(run into each other)

"Hey." "Hey."

They finally found out how much they cared about each other.
서로 아끼다.(care about each other)

They lived happily ever after.

'동생은 어머니를 모시고 있고, 앞으로 장가도 들어야 하니 쌀이 더 필요할 거야. 그냥 주면 안 받을 테니 몰래 가져다 놓아야겠다.' / 형은 쌀가마니를 들고 동생네 집으로 향했습니다. / 쌀가마니를 지고 가던 형제는 중간에서 딱 마주쳤습니다. "형님." "아우야." / 형제는 서로가 얼마나 아끼고 있는지 알게 되었습니다. / 형제는 그 후로도 의좋게 잘 살았습니다.

48 The King Has Donkey Ears

Once upon a time, there lived a king who had long ears like a donkey.

One day, he called a barber to his palace.

The barber was very surprised when he saw the king's ears.

"You are going to die if you tell anyone the truth about me,"

the king threatened him.

[해석] **임금님 귀는 당나귀 귀**

옛날 옛적에, 귀가 당나귀 귀처럼 긴 임금님이 살았습니다. / 어느 날, 임금님이 이발사를 궁전으로 불렀습니다. / 임금님의 귀를 본 이발사는 깜짝 놀랐습니다. / "이 사실을 말하면 목숨을 잃을 것이다." / 임금님은 이발사에게 으름장을 놓았습니다. /

"Yes. Yes. Your majesty."

He was so scared.

He went back home.

But he was burning to tell the truth to
~하고 싶어 근질근질하다.(be burning to~)
everyone.

'Ah, I really want to tell the truth but if

I tell the truth, he will kill me.

What should I do?'

After much worrying, he ran into the
bamboo woods.

"The king has donkey ears~!
The king has donkey ears~!"

he shouted.

After that day, whenever the wind blew,
there were strange sounds in the woods.

"The king has donkey ears~!
The king has donkey ears~!"

"네, 네. 알겠습니다." / 이발사는 너무 무서웠어요. / 이발사는 집으로 돌아갔어요. / 그런데 모두에게 이 사실을 말하고 싶어 입이 근질근질했어요. / '아, 말하고 싶다. 그런데 말하면 목숨을 잃을 테니 어쩌면 좋지?' / 이발사는 고민 끝에 대나무 숲으로 달려갔습니다. / "임금님 귀는 당나귀 귀~! 임금님 귀는 당나귀 귀~!" / 이발사는 큰 소리로 외쳤습니다. / 그 날 이후, 바람이 불 때마다 대나무 숲에서는 이상한 소리가 들렸어요. / "임금님 귀는 당나귀 귀~! 임금님 귀는 당나귀 귀~!"

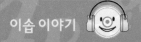
Six blind men got to touch an elephant for the first time.
처음으로

"Now, I will know what an elephant is like."

They started to touch the elephant.

The first blind man who touched the elephant's side and said,

---

[해석] **장님들과 코끼리**

장님 여섯 명이 처음으로 코끼리를 만져 보게 되었습니다. / "코끼리가 어떻게 생겼는지 알 수 있겠군." / 장님들은 제각각 코끼리를 만지기 시작했습니다. / 첫 번째 장님이 코끼리의 옆구리를 만지고 말했습니다. / "코끼리는 튼튼한 벽처럼 생겼군." / 그러자 코끼리의 이빨을 만진 두 번째 장님이 말했습니다. / "틀렸어. 코끼리는 날카로운 창과 같아." / 그러자 코끼리 코를 만진 세 번째 장님이 말했습니다. / "아니야. 코끼리는 뱀처럼 길어." / 그러자 코끼리 다리를 만진 네 번째 장님이 말했습니다.

"It feels like a strong wall."

The second blind man who touched the elephant's tusk said,

"You are wrong. It feels like a sharp spear."

The third blind man who touched the elephant's nose said,

"No. The elephant is as long as a snake."

~만큼 길다.

And then the fourth blind man

who touched the elephant's leg said,

"No. No. The elephant is round and tall like a tree."

The fifth blind man who touched the elephant's ear said,

"You are all wrong. The elephant is like a big fan."

And then the sixth blind man who touched the elephant's tail said,

"You are all fools. The elephant is like a strong rope."

"아냐, 아냐. 코끼리는 나무처럼 둥글고 커." / 이번에는 코끼리 귀를 만진 다섯 번째 장님이 말했습니다. / "모두 틀렸어. 코끼리는 커다란 부채처럼 생겼어." / 그러자 코끼리 꼬리를 만진 여섯 번째 장님이 말했습니다. / "바보들 같으니라고. 코끼리는 튼튼한 밧줄처럼 생겼어."

50 The Man, His Son and the Donkey

The man and his son were on their way to

~로 가는 중이다.(be on one's way to~)

the market to sell their donkey.

One passerby said to the man,

"Why are you and your son walking? One of you can ride the donkey."

The son rode the donkey.

[해석] 당나귀와 바보 부자

아버지와 아들이 당나귀를 팔러 장에 가고 있었습니다. / 지나가던 사람이 말했죠. "왜 힘들게 걸어가쇼? 한 사람은 타고 가도 될 텐데." / 그 말을 듣고 아들이 당나귀에 탔습니다. / 그렇게 한참을 가는데, 또 지나가던 사람이 말했습니다. "저런, 나이 많은 아버지를 걷게 하다니, 정말 나쁜 아들이군." / 그 말을 듣고 아들은 당나귀에서 내렸습니다. / 그리고 아버지가 당나귀에 탔습니다. / 그렇게 한참을 가는데, 또 지나가던 사람이 말했습니다. "아이고, 이 더운 날 어린 아들을 걷게 하다니, 정말 나쁜 아버지로군." / 그 말을 들은 아버지는 아들도 당나귀에 타라고 했습니다. / 그렇게 또 한참을 가는데, 지나가는 사람이 말했습니다. / "쯧쯧, 작은 당나귀에 두 사람이 타다니. 저러다 곧 죽지."

They continued like that for a while when another passerby said to them,

"What a bad son, making his dad walk."

The son got off the donkey.
내리다.(get off)

And then, the father got on the donkey.
타다.(get on)

They continued like that for a while when another passerby said to them,

"Such a bad father. How does he make his young son walk in this hot weather?"

The father told the son to ride the

donkey with him.

They continued for a while when another passer by said to them,

"Two men on a little donkey? The donkey is going to die."

The father and the son got off the donkey.

And then they tied up the donkey's legs to a pole with a rope.

They carried the donkey.

But the donkey started kicking because he became scared.

As they crossed a bridge, they all fell into the river and died.

아버지와 아들은 그 말을 듣고 당나귀에서 내렸습니다. / 그리고 당나귀의 다리를 밧줄로 단단히 묶어 장대에 매달았습니다. / 아버지와 아들은 그렇게 당나귀를 들고 갔죠. / 하지만 당나귀는 불안해서 발길질을 하기 시작했습니다. / 그들은 다리를 건너다가 그만 강물 속으로 떨어져 모두 빠져죽고 말았어요.

아무리 강조해도 지나침이 없는 영어학습, 어떻게 할까요?

우리에게 영어는 더 이상 외국어가 아닙니다.

그런데 반드시 해야 한다는 생각에 너무 어려서부터, 때로는 너무 강압적으로 공부해서 영어에 질려 버리는 경우가 많습니다. 높은 점수를 받아야 하는 공부라고만 생각하면 영어는 절대 재미있지도 않고 실력도 늘지 않습니다. 영어를 재미있게 공부할 수 있는 방법은 많습니다.

이 책에서 소개하는, 어린이들에게 낯익은 이야기들을 영어로 읽고 듣는 방법도 그 중 하나입니다. 이야기가 생소하지 않으니 흥미도 잃지 않고, 간단하고 짧은 이야기이니 지루하지도 않습니다. 꼼꼼하게 다 읽을 필요는 없습니다. 다만 꾸준히 읽었으면 하는 바람입니다. 자꾸 반복해서 읽다 보면 자신도 모르게 단어가 외워지고 문장과 멋진 표현을 익히게 될 것입니다. CD도 잘 활용하기 바랍니다. 읽는 것과 말하는 것에는 큰 차이가 있습니다. 원어민이 직접 녹음한 CD를 들으면 원어민 같은 멋진 발음도 익힐 수 있고, 노래 가사 외우듯 이야기가 저절로 외워질 것입니다.

지은이 김선아

너무나 낯익어서 한 번만 보면 **저절로** 외워지는

통문장 영어동화 50

초판 1쇄 인쇄 | 2010년 7월 10일
초판 1쇄 발행 | 2010년 7월 20일

감　수 | Owen Chung
지은이 | 김선아
그린이 | 이일선
녹　음 | Courtney Sheppard(코트니 셰퍼드),
　　　　 Tim Ashton(팀 애쉬튼)

펴낸이 | 남주현
펴낸곳 | 채운북스(자매사 채운어린이)
주소 | 서울시 마포구 창전동 5-11 3층(우 121-190)
전화 | 02-3141-4711(편집부) 02-325-4711(마케팅부)
팩스 | 02-3143-4711
전자우편 | chaeun1999@empas.com
디자인 | design86 김서형, 강루미
녹음 | Media DSM
출력 | 아이앤지 프로세스
종이 | 세종페이퍼
인쇄 | 대원인쇄
제책 | (주)세상모든책

ISBN 978-89-963393-8-0 (63740)
*잘못된 책은 구입하신 서점에서 바꾸어 드립니다.